Markus Anton

Aufzeichnungen

eines

Verstorbenen

Bibliografische Information der Deutschen
Nationalbibliothek:
Die Deutsche Nationalbibliothek verzeichnet diese
Publikation in der deutschen Nationalbibliografie;
detaillierte bibliografische Daten sind im Internet über
http://dnb.de abrufbar.

Herstellung und Verlag:

BoD - Books on Demand, Norderstedt

ISBN: 9783757802776

es ist soweit ich bin verbraucht fühlt
sich tatsächlich noch schlimmer an
als ich dachte immerhin man
ignoriert mich nicht zur gänze sieht
in mir den väterlichen freund bittet
mich um rat soll ich mit dem oder
der oder lieber nicht ich möchte
flehen möchte schreien lasst mich
endlich gehen doch fehlt mir längst
der atem und auch die freude an
neuem unentdecktem und auch die

kraft mich zu erheben **ich**

~~will leben~~

**bin
zerstört kauf mir
ne
droge bin der
lüge fest
verpflichtet**

SYMBOLE

e Die folgenden Symbole

i beziehen sich nicht auf al- le

n Fahrzeuge.

p Die unter 1 bis 8

a abgebildeten Symbole

a weisen auf die Themen der

r einzelnen Kapitel

r ~~fuckfuckfuc~~

a ~~kfuckfuckf~~

t ~~u~~ was bedeutet die schwachen

s momente morgens nach dem aufstehen

c das übermächtige bedürfnis liegen zu

h bleiben nichts

lweiter ~~ckfuckfuc~~

ä ~~kfuckfuck~~

g ~~fuckfuckfu~~

e ~~ckfuckfuck~~

m ~~fuck~~hin.

i Die Symbole 9 bis 16 weisen
h auf folgende The- men hin:

n9 Wartung mit montiertem

e　　　　　Motor möglich
n Art und Menge einzufüllender
nFlüssigkeiten11**Schmerzmittel
o12~~und fragte ich sie was hat dir~~
c ~~eigentlich besonders gut an mir~~
h ~~gefallen antwortete sie deine~~
m ~~bereitschaft jederzeit alles und~~
i ~~jeden zu zerstören sogar dich~~
t ~~selbst~~
aSpezialwerkzeugAnzugsmomen
u te4 Verschleißgrenzen, Spiel
f Motordrehzahl
d16 Elektrische Sollwerte
e*A)I won't do it." "Fuck*
n*you, then."*
wDie Symbole 17 bis 2 werden
e in den Explosions-sie sehen sehr
g traurig aus ist was passiert

g ich war nur in gedanken alles gut

e wirklich

b absolut seh ich so bemitleidenswert

    aus

e oder was

n bisschen

g na danke für die blumen wie gehts dir

e so

h gut schön sie zu sehen

e schön hier zu sein sag mal wie heißt

    du

n eigentlich

s christine

i echt

e ja warum

r klassische namen sind sehr selten

a geworden

u stimmt man heißt ja eher skylar oder

s pax oder brianna was soll ich sagen

u meine eltern geben viel auf die bibel

n zeichnungen verwendet und

d weisen auf Schmier- stellen

m und entsprechende

aSchmiermittel hin.

c1MotorölGetriebeölMolybdändisu
hlfidöl2Radlagerfettleichtes
eLithiumfett

n Molybdändisulfidfett
s Die Symbole in den

i Explosionszeich- nungen

e habenfolgende Bedeutung:

w

~~ich kam vom alk runter füllte den~~

a ~~größten teil schlafloser nächte damit~~
s ~~wach zu liegen und jeder gedanke der~~
s ~~verzweiflungstaten implizierte~~
c ~~rechtfertigte letztendlich doch nur~~
h ~~sogenannte gute gründe~~ manche
ö ~~sprachen vom jahrhundertsommer~~
n ~~zukunft die regenwolken hatten sich~~
e ~~verzogen das änderte an meiner laune~~
s ~~nichts ich interessierte mich nicht für~~
s ~~massenveranstaltungen interessierte~~
c ~~mich nicht für politik grund genug allein~~
h ~~zu bleiben grund genug für immer zu~~
l verschwinden ~~die medikamente~~
i ~~verfehlten ihre wirkung nicht sorgten~~
e ~~dafür dass ich nach draußen ging mich~~
ß ~~durch bars und kneipen prügelte~~
e ~~schlägereien anzettelte schlägereien~~
n ~~die ich grundsätzlich verlor wieder~~
s ~~andere verschrieben mir~~
i ~~alternativmedizin und ich rauchte~~
e ~~dachte an nichts rauchte~~
~~grinsterauchte~~

f wurde gesprächig sagte scheiße mann

r und die wunderschöne geliebte eines

entfernten bekannten zeigte mir ihre

u mit brandnarben übersähte vulva sagte

n ich bin mal betrunken an nem

d lagerfeuer eingeschlafen als ich

aufgewacht bin hat meine mumu

sc gebrannt man muss schon richtig

h zustoßen wenn mans mir besorgen will

a lecken geht gar nicht spür ich

nichmehr

f natürlich überlegte ich kurzzeitig

kanns

t ja mal versuchen zu sagen sagte aber

e nichts schlief weiter

nSelbstmordra
f te in
a ausgewählten
hLändern die
r idee einer

e ~~!besseren~~
n ~~zukunft~~
s ~~verkam zur~~
i ~~gewaltvoll~~
e ~~unterdrückte~~
i ~~n~~
n ~~befindlichkeit~~
d ~~eines mit~~
e ~~stolz und~~
n ~~vorurteil~~
u ~~gemästeten~~
r ~~angsttraums~~

lSuizide je 100.000
aEinwohner

uSuizide je 100.000 Einwohner
b47,247,2
n3535
i33,1633,16
e30,430,4
m29,3229,32
a23,0323,03
n22,9322,93
d24,924,9
z23,8823,88
w23,9523,95
i21,9721,97
n   22,2822,28
g19,3519,35
t   17,5817,58
s19,319,3
i21,3121,31
e ~~diese straßen sie sind mir nicht zur~~
d~~gänze fremd wie diese emotionen~~
a ~~die mich ein leben lang begleiten~~
z ~~nirgendwo hinführen oder nur~~
u ~~zurück zu dir~~
a15,9315,93
l15,7415,74
l16,4316,43

e17,2517,25
i17,417,4
n   15,7115,71
z17,4917,49
u   17,0717,07
s16,1716,17
e13,9313,93
i11,8211,82
n11,8211,82
n13,1113,11

          9,859,85
i9,919,91
m7,727,72
     7,027,02
a6,136,13
n9,069,06
d7,447,44
h5,975,97
a7,327,32
t7,237,23
s8,578,57
i7,637,63

eB)*Shut* **the** *fuck up!Shut*
j*the fuck up!Shut* **the** *fuck*
e*up!*~~Shut the fuck up!~~

m6,876,87
a6,296,29
l5,585,58

s5,865,86
d5,35,3
a6,296,29
z7,047,04
u3,93,9
g3,053,05
e7,487,48
z7,047,04
w6,136,13
u4,924,92
n4,64,6
g5,675,67
e3,213,21
n4,154,15
k4,614,61
l3,173,17
a3,863,86was überlegst du
r nichts weiter hatte nen weirden
k traum
a3,333,33
n2,422,42
n2,332,33
m2,52,5
a1,671,67
n1,471,47
i   1,581,58
m25,8225,82
m19,5819,58
e17,9217,92
r17,2617,26

n 16,6816,68
u15,4315,43
r1515
d14,7714,77

a14,2714,27
s13,9113,91 13,2213,22
s13,1913,19
c12,3512,35
h12,1512,15
l11,7511,75
e 11,6811,68
c11,6211,62
h11,2511,25
t10,9310,93
e10,5610,56
s10,510,5
e10,4910,49
h ~~wir sind schon viel zu lange~~
e ~~nebeneinanderher gelaufen ohne~~
n ~~uns zu umarmen~~
a9,949,94
b 9,769,76
e9,649,64
r8,418,41
v 7,537,53
e7,477,47
r7,237,23
s6,16,1
u 5,955,95

c4,524,52
h4,144,14
e   3,763,76

n

s

i

e Insgesamt
z Frauen
u Männer

rLitauen
aSlowenien
bLettland
wEstland
eUngarn
cBelgien
hFinnland
sKroatien
lSerbien
uÖsterreich
nFrankreich
gTschechische Republik
dSchweiz
oSchweden
cIsland
hPolen
mNorwegen
aNiederlande
lLuxemburg

d stelldir vor christine zeigt interessewill

a was vondirwas willst du ihr

s schenkenstell dir vor sie will mit dirin

g den urlaub fahrenDeutschland

uEU2
tDänemark
eRumänien
zBulgarien
uPortugal
sIrland
eSpanien
hVereinigtes Königreich
eSlowakei
nMalta
dItalien
aGriechenland
nZypern
nTürkei

k0
ö5
n10
n
e
n
s15
i2
e2

s   30
i35
c   40
h45
i50
m55

m

e

r

n

O● Frauen

3,9dies

c er

h dreck

f dieser

ü lärm

rdieser

dgestan

e k ich

n hasse

tmensch

o enich

d hasse

e das

n lebe

t nich

sverabs

cheue

hdiese

e mirvon

i der

dnatur

eauferlegt

n● Insgesamt   11,75

MO
TO
Rü
beR
HO
LE
N

~~jeglich~~
~~e erinn~~
~~erung~~
~~die ich~~
~~es~~
~~wage~~
~~anzude~~
~~nken~~
~~verzw~~
~~eifelt~~
~~an der~~
~~realität~~

UND

ENG nurdeine stimme manchmal wenn sie gesprochene worte formtschenkt mir noch zuversicht

MOTOR

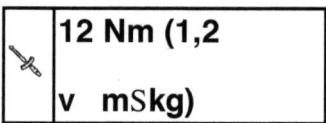

12 Nm (1,2

v   mSkg)

e10 Nm (1,0 ~~wird~~
~~rkommen uns zu~~
~~sholen einen~~
~~unach dem~~
~~eanderen wird~~

~~h~~ ~~einfordern~~ ~~was~~
~~eihm zusteht~~
~~nrechtmäßig~~
~~szusteht~~**mSkg)**

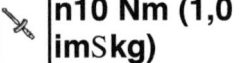
i20 Nm (2,0
emSkg)

n10 Nm (1,0
imSkg)

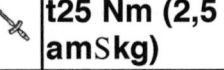
c20 Nm (2,0
hmSkg)

t25 Nm (2,5
amSkg)

	n25 Nm (2,5 dmSkg)

	e20 Nm r(2,0..ganze zeit **e** allein durch die **n** gegend gefahren **z** und hab diesen **u** einen verdammten **g** song gehört wieder **e** und wieder **f** monatelang..mSkg a)

Reihenfolge	lArbeitsschritt / eBauteile	Anzahl	Bemerkungen

```
1 │ n Kabel,
2 │ gSchläuch
3 │ e ~~und~~
4 │ f~~dennoch~~
5 │ a~~gab es~~
6 │ l~~individuen~~
7 │ l~~die~~
8 │ e~~aufgrund~~
```

n ~~ihrer~~

s ~~genetischen~~

i ~~struktur~~

e ~~immun~~

s~~gegen~~

i~~jegliche art~~

e~~des~~

h~~wettbewer~~

s~~bs waren~~

e~~sie~~

lbst~~wurden~~

–

eh4-1

r wie war noch gleich der name der

l barfrau ende zwanzig in die du mit

i achtzehn so schrecklich verliebt warst

ch kannmichnicherinnern angesehen

    hab

    ich sie oft einfach nur angesehen sie

wwarf mir meist böse blicke zu fühltesich

ä wahrscheinlich belästigt war wohl nich

h ihr typ dadurch verliebte ich mich nur

r noch mehr in sie n mixtape hast du ihr

t gemacht n mixtape mit nur einem song

a ein song der deine damalige stimmung

m perfekt beschrieb boys of summer von

l don henley neunzig minuten boys of

ä summer von don henley ich hab ihr die

n kassette nie gegeben natürlich nicht

g hab sie stattdessen im auto gehört bin

s die ganze zeit allein durch die gegend

t gefahren und hab diesen einen

e verdammten song gehört wieder und

n wieder monatelang i can see you your

v brown skin shining in the sun you got

e your hair combed back and your

r sunglasses on baby welcher song
   würde

g meine jetzige stimmung am besten

e beschreiben fuck me immer noch
   genau

b dieser eine auch ne möglichkeit alt zu

u werden ständig diesen einen song

n hören und dabei langsam einschlafen

g stell dir vor irgendwo gibt es jemanden

m der sich deinetwegen so verhält

    kannst

a du dir das vorstellen erinnern hat

c der arzt gesagt an etwas schönes

h denken im falle einer panikattacke das

t satellitenbild zeigt über deutschland

g gebietsweise wolkenfelder sonst war

    es

l vielfach aufgeheitert vom ostatlantik

    den

ü britischen inseln und der nordsee zog

c ein breiteres wolkenband nach osten

k und wurde dabei schmaler die

l zugehörigen tiefausläufer streifen unter

i weiterer abschwächung den äußersten

c norden deutschlands sonst bestimmt

h morgen das umfangreiche hoch über

e süd und südosteuropa das wetter in

r deutschland dabei fließt warme

a meeresluft zu uns die vorhersage für

l morgen nach auflösung von

s frühnebelfeldern meist sonnig und

j trocken im norden zeitweise wolkig

    aber

e kaum niederschlag tiefsttemperaturen

m elf bis sechzehn grad

tageshöchstwerte

a zweiundzwanzig bis

n siebenundzwanzig grad im

nordwesten

d mäßiger wind aus süd bis südwest

sonst

e meist schwachwindig die weiteren

n aussichten am dienstag von nordwest

z nach südost durchzug starker

u bewölkung und zeitweise regen im

h süden einzelne gewitter leichter

a temperaturrückgang ihre blicke meine

s güte diese blicke wahrscheinlich denkt

s sich christine gar nichts dabei wenn sie

e mich so ansieht das reicht aus um mich

n komplett um den verstand zu bringen

d bist doch erwachsen geh hin und sag

e hey ich glaub ich hab mich nein

   ichhab

n mich unsterblich in dich verliebt

n…is a frequent problem in clinical
dgeriatric daily routine which can be
iacute or chronic, con- scious or
eunconscious, akut vs. chronisch

v32,430,4
e

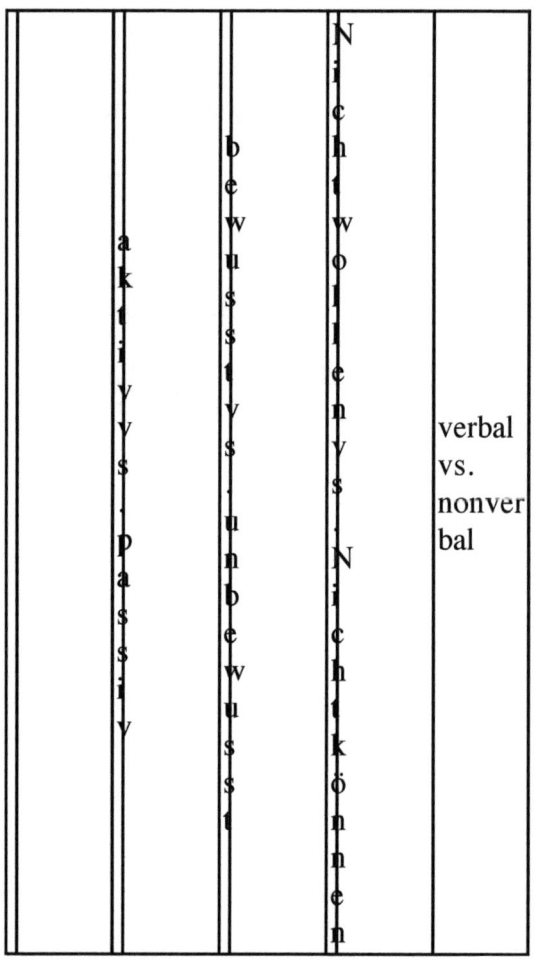

verbal
vs.
nonver
bal

r ~~und was machen sie so wenn sie mal~~

g ~~nicht in einem café sitzen~~

a ~~ich habe befürchtet dass du mich das~~
ng ~~irgendwann fragen wirst christine~~
e ~~wieso befürchtet~~
n ~~weil ich darauf keine konkrete antwort~~
h ~~habe das heißt ich habe schon eine~~
e ~~antwort aber die gefällt mir nicht weil~~
i ~~sie mich daran erinnert was ich alles~~
t ~~sinnvolles tun könnte was ich noch alles~~
i ~~erreichen könnte tut mir leid das klingt~~
s ~~etwas hart es ist nicht so dass ich es~~
t ~~nicht sinnvoll fände mich hier mit dir zu~~
e ~~unterhalten~~
t ~~denken sie ich lache sie aus~~
w ~~nein das glaub ich eigentlich nicht~~
a ~~wovor haben sie dann angst~~
s ~~ich habe keine angst es ist nur also du~~
w ~~bist ganz schön direkt~~
o ~~finden sie das schlimm~~
v ~~nein aber ich bin ein fremder~~
o ~~sind sie nicht ich habe das gefühl ich~~
n ~~könnte ihnen alles anvertrauen~~
w ~~außerdem kommen sie fast jeden tag~~

i ~~hierher fremd is anders~~
r ~~ich habe auch das gefühl ich könnte dir~~
l ~~alles anvertrauen heute guckst du~~
e ~~allerdings so als würde dich etwas~~
r ~~bedrücken~~
n ~~ja stimmt schon manchmal denke ich~~
~~mir~~
e ~~wird das alles zuviel~~
n ~~was denn~~
k ~~na alles hier arbeiten mich~~
~~entscheiden~~
ö ~~was ich zukünftig machen soll meine~~
n ~~freunde sind schon viel weiter als ich~~
n ~~wissen alle schon was sie diesen herbst~~
e ~~machen werden wo sie studieren ich~~
n ~~hab ehrlich gesagt immer noch keine~~
n ~~ahnung was ich machen soll~~active or
i passive, verbal or nonverbal. The
c underlying causes are multifactorial and
h contain physical, psychological,
t cognitive, social, cultural and religious
e factors.
t ohne rosen ohne bullshit dann machst

wdu alles kaputt dann will sie dich nie

a wieder sehen weil sie logischerweise

s nichts von dir will sie würde lächeln

klar

wwäre aber eher peinlich berührt oder

o sie sagt ich empfinde auch etwas für

sie

r   aber is grad schwierig bei mir mit

i männern <u>mögliche formen der</u>
n <u>zurückweisung</u>

wsiekönnenmirgerneihrenummergebena

i   berichhabnenfreundichstehauffrauenhör

r   tmalalleherderaltedawillmitmirausgehe

l   hahahaichweißihrenmutwirklichzuschät

e   zenabersiesindleiderzurfalschenzeitam

b richtigenortsiesindmirzualtichstehaufdu

e nkletypenichstehaufrothaarigeichwillda

n vonüberhauptnichtswissenhauabduscheiß

f pädo to do leben überleben sterben

r eigentlich musst du jetzt gar nichts

   mehr

e machen kannst im bett bleiben und

u warten bis der tod eintritt nein mach

e zumindest den motor fertig und bau

   ihn

n wieder ein mach den motor fertig und

s triff dich mit christine ob ich ihr

i erzählen soll dass ich nur noch ein

   paar

e monate habe auf keinen fall sie hätte

s mitleid und würde sich nur deswegen mit

i mir treffen der arzt war ziemlich

c überrascht von meiner reaktion so

etwas

h habe ich bisher noch nicht gesehen

m keinerlei anzeichen einer

schockstarre

i keinerlei anzeichen von wut trauer

t verzweiflung hat er gesagt als ich das

ist

a in ordnung wurde auch zeit

antwortete

n normalerweise spricht man von fünf

d phasen der akzeptanz einer krankheit

e sagte er sie sind dann wohl direkt bei

r der fünften angekommen so siehts aus

e wieder nirgendwo vorgestellt wieder

n nirgendwo reingegangen wo ist das

problem du brauchst nen job auch wenns

nur noch ein paar monate sind wie willst

du deinen motor fertigmachen kostet

verdammt viel geld so ne

motorüberholung dir geht bald das geld

aus und die ämter sagen doch bestimmt

so lange sie noch stehen können müssen

sie arbeiten was wenn die herausfinden

dass ich therapiemaßnahmen ablehne

außerdem was willst du christine

erzählen wenn sie fragt na haben sie

schon einen job gefunden du musst

arbeiten stell dir vor christine zeigt

interesse will was von dir was willst du
ihr schenken stell dir vor sie will mit dir
in den urlaub fahren na ja das wird so
schnell wohl nicht passieren obwohl
warum nicht vermisst person weiblich
anfang zwanzig einssiebzig schmale
schultern breite hüften rotes
schulterlanges haar blaue augen runde
gesichtsform sehr helle haut blaues hemd
mit weißen punkten darunter ein
schwarzes top die person trägt einen
kleinen blauen kristall an einer silbernen
kette um den hals schwarze stoffhose
hohe leibhöhe gerader schnitt sehr bunte
knöchelhohe gummistiefel sehr bunter
großer regenschirm ich erinnere mich
gabriela hab ihr zu weihnachten kekse

gebacken nachdem sie sagte zu

weihnachten will ich bitte keine

geschenke sie wohnte in ner irrsinnig

reichen gegend eigentlich wollte ich ihr

teure schuhe kaufen hatte aber kein geld

kekse das fand sie gar nicht witzig ihren

gesichtsausdruck werde ich nie

vergessen sie konnte sehr schlecht lügen

sagte oh toll danke ich kann heute nicht

über nacht bleiben meiner mutter gehts

nicht so gut das wars dann hab gabriela

nie wieder gesehen sieh nur diese alten

bäume unter einem von denen hast du

schon mal geschlafen nach nem streit mit

na wie hieß die noch gleich egal du bist

durch die stadt gelaufen hast dich

betrunken whiskey hast du getrunken in

nem diner im univiertel warum auch

immer whiskey wahrscheinlich weils so

männlich ist warum auch immer

univiertel wahrscheinlich weil da

menschen abhängen die lust auf zukunft

haben bist dann spät nachts hier

zusammengebrochen habs damals

tatsächlich noch geschafft über die

friedhofsmauer zu klettern ohne mich

dabei zu

verletzen Epidemiology

h estimated between
a 1/2,000 and
n 1/5,000. Clinical
ddescription

e The age of onset varies

Ibetween 10 and 30 years
n old and symptoms are

s lifelong. The average time

i between the age of

e appearance of the
s symptoms and the
tdiagnosis is still very long.
a~~mir ist gar nicht kalt ich hörte man~~
t ~~soll dann frieren tut mir leid wegen~~
t ~~der schmerzen ich habe darauf~~
d ~~keinen einfluss~~Other, non
e specific, clinical signs
s include hypnagogic
s hallucinations, sleep
e paralysis, disturbed
n nocturnal sleep, and
s weight gain, especially in

e children. **Etiology**The
i disease is due to loss or
e impairment of the orexin/
n hypocretin neurons of the
s lateral hypothalamus that
i results in decreased
e hypocretin-1 levels in the
g cerebrospinal fluid. An
l autoimmune origin for the
üdisease is highly
csuspected, particularly
k environmental factors
l interacting with
i susceptibility.~~unendlichkeitist~~
c ~~dochnur raum und zeitverpflichtet~~
h ~~undunsere ängste streben nach~~
b ~~erlösung~~**Diagnosticdie**
e obdachlose frau
i vielleicht die immer
a mit dem

l einkaufswagen durch
l die gegend spazierte
e in dem
m einkaufswagen
w waren all ihre
a habseligkeiten ein
s foto ihrer
s verstorbenen eltern
i klamotten zum
e wechseln von
t denen sienie
u gebrauch machte
n pfandflaschen
b sieging stark
e gebückt kaputter
h rücken siehat ein

a leben lang hart
n gearbeitet ein leben
d lang gewartet auf
e die große liebe
l darauf entdeckt zu
n werden immer
s freundlich hinter der
i wursttheke als
e siekrank wurde hat
a man ihr gekündigt
n operiert wurde
d siedann mehrmals
e von schlechten
r ärzten die guten
e waren sich zu
s schade dafür hat

o siemir selbst erzählt

w arbeiten konnte

i siedann nicht mehr

e und alssie spürte

s dassdie gesellschaft

i sienicht mehr

e respektierte (stärke

a gleich intelligenz

u gleich gutes

c aussehen) machte

h siesich auf den weg

g stoppte ab und zu

e anner

r straßenkreuzung um

n ihre habseligkeiten

e zu ordnen

be pfandflaschen auf

h der linken seite

a kleidung zum

n wechseln auf der

d rechten und schön

e mittig oben drauf

l das foto ihrer

t verstorbenen eltern

w dennoch ichhabe

e nie wieder jemanden

r getroffen der

d glücklicher und

e zufriedener wirkte

n methodsDefinitive

m diagnosis requires the

ö presence of clinical

c symptoms, characteristic

h polysomnography
t findings and/or low
e hypocretin-1 levels in
n cerebral spinal luid.
d Nocturnal and daytime
a polysomnography
s demonstrate an average
l sleep latency of under
e eight minutes with at least
b immerhinsinddaeinbetonierte
e eisenspitzenaufder mauer onset
n rapid eye movement
i periods (SOREMP) on
s multiple sleep latency
t tests. The presence of low
e hypocretin-1 levels (<110
i pg/ml) in the cerebrospinal
n fluid can confirm the
g diagnosis with an
e excellent sensibility and

s specificity.

c immerhin sind da einbetonierte

h eisenspitzen auf der mauer geträumt

ehaste dann von einem besseren leben
noder nein von jemandem der sagt junge
kdu darfst deine haare ein paar tage
nicht waschen und musst dann haarlack
reinmachen dann sieht die tolle
inatürlich aus klar james dean war das

c übelst zugerichtet is ausseinem

hdemolierten porsche gekrochen

w eingedrückter brustkorb link
egesichtshälfte beinahe bis zur
iunkenntlichkeit entstellt hat aber
ßgelächelt und eine geraucht oder die

d alte frau damals als ich noch klein war

a hat immergesagtwennichnurschon

sgestorben wär hat immer gesagt ich
kbrauche niemanden mit fünfundsechzig
l ist sie vom fahrrad gefallen hat sich die

ihüfte gebrochen wurde ins krankenhaus
n eingeliefert irgendwann entlassensie

gstürzte dann in ihrer wohnung über
tden teppich brach sich die hüfte an der
ngleichen stelle lag tagelang in ihrer
aeigenen scheiße lag tagelang in ihrer
ch eigenen pisse was die leute halt so

g redenhatnichtaufsichaufmerksam

lü gemachtReihen- folge

Arbeitsschritt / Bauteile	Anzahl	Bemerkungen

9 1 0 1 1	O-Ring Massekabel Belüftungsschlauch, Kurbelgehäuse	2 1 1

c sechs stunden

k sitzt du jetzt

s schon hier es

k gab mal eine

e zeit da wärst

k du nach fünf

s minuten

s gegangen

p nimms ihr nicht

r übel sie ist jung

ü hat noch so viel

cvor**HINWEI**

hS:

e Das

n Massekab

Die
Montage
erfolgt in
umgekehrter
Reihenfolge.

u hat nicht geschrien oder um hilfe

m gerufen bis es mit ihr zu ende war

e multiples organversagen drei monate

h lag sie tot in ihrer wohnung was die

r leute halt so reden niemand hat sie

l vermisst niemand vermisst sie du denkst

i wie ein zwanzigjähriger und fühlst

c anfang sechzig ganz schön dreist von

h christine wow ganz schön wild zu

z sagen als ich nen kaffee mit kuhmilch

u bestellt habe quatsch war ne witzige

s bemerkung sonst nichts sie ist

e bezaubernd klar das sind sie alle dieser

i dreck dieser lärm dieser gestank ich

n hasse menschen ich hasse das leben ich

e verabscheue diese mir von der natur

s auferlegte pflicht existieren zu müssen

s musst du ja nicht beziehungsweise musst

i du nicht mehr lange stimmt schon wieder

n vergessen wie sich christine bewegt

d oder anmutig elegant sie ist eine dieser

g frauen die auch im jutesack gut

l aussehen aber zu jung vergiss es zu

ü jung sie zu jung du beinahe tot ~~oder~~

c ~~den timer des vhs recorders nicht auf~~

k ~~dreiundzwanziguhrfünfzigsondern auf~~

s ~~dreiundzwanzig uhr fünfunddreißig~~

k ~~stellen weil die tagesthemen nicht~~

e ~~solangedauern oder das wort zum~~

k ~~sonntag oder sonst irgend ne~~

s ~~programmverschiebung welcher film~~

s ~~westworld mit yul brynner genau toller~~

p ~~film bisschen western bisschen science~~

r ~~fiction dann am montag in der arbeit so~~

ü ~~hey hast du westworld gesehen ja~~

c ~~natürlich der war voll geil oder wie der~~

h ~~die am schluss verfolgt voll fies ist der~~

e ~~aber man mag den trotzdem die ganze~~

a ~~zeit über den fiese oder einfach ein~~

b ~~cooler hund der fiese~~ diesen sommer

e noch allerhöchstens so sagten sie und

r dass es schlimmer und schlimmer wird

i wenn du nichts dagegen unternimmst

c wenn du eine therapie ablehnst

h schwächegefühl darmgrimmen oder ein

b gefühl als würden sie innerlich

i verbrennen haben die gesagt

n magenschmerzen rückenschmerzen

w kopfundgliederschmerzenschmerzen

i überall kannste nich mehr aufstehen

r dann die psychischen auswirkungen oh

k fuck kann nich mehr aufstehen andere

l sind gesund und stark sind in den parks

i unterwegs skaten liegen im gras rum

ch oder spielen fußball und du am besten

s die jalousie gar nicht mehr öffnen noch

c viel schlimmer die psychischen

h auswirkungen viel schlimmer dann

o kannste nichts mehr essen wegen der

c magenschmerzen alles was du isst kotzt

k du direkt wieder aus alles was du trinkst

i kotzt du direkt wieder aus verhungerst

e oder verdurstest oder beides verreckst

r elendig wenn du niemandem davon

t erzählst wenn du niemanden um hilfe

d bittest kannst von keinem arzt der welt

a verlangen dass er dir so lange

r schmerzstillende medikamente

ü verschreibt bis du verhungert oder

b verdurstet bist der hat ja auch ne pflicht

e die behörden zu alarmieren zumindest

r hat er dir ne großpackung verschrieben

d hatte wohl mitleid aber eben nicht so

a viel dass er dir ne packungsgröße

s verschrieben hätte die bis zum herbst

s reicht wichser mögliche

s nebenwirkungen

i angstzuständeappetitverlustunwillkürlich

e ezuckendeundstoßendebewegungenda

e rmkrämpfedeppressiondurchfall

ierbrechenfieberwechselweisefrösteln

nundhitzewallungengähnengewichtsverl
eustbeschleunigterherzschlaglaufendena
tse

herweitertepupillenreizbarkeitabnormes
echläfrigkeitschmerzenamganzenkörper
rschwächeanfällestarkesschwitzenüberm
aäßigertränenfluss   •
pSuchtentwicklung
i •   Verstopfung
e   Sedierung
k •   Atembeschwerden
a ~~sprach anscheinend~~
t ~~zu mir selbst auch~~
e ~~wenn du positive~~
g ~~eigenschaften~~nur
o ~~dein eigen nennst~~
r ~~deswegen lebst um~~
i ~~gutes nur zu tun oder~~
s   ~~andre zu beschützen~~
e   ~~es wird immer~~

~~hjemand in der nähe~~
~~asein der einzig~~
~~bdeshalb existiert um~~
~~ldich zur gänze~~
~~eauszulöschen~~

h Toleranzentwicklung
n Schwitzen
e Verkleinerung der
n Pupillen
· Juckreiz
· Probleme beim
Wasserlassen

übelkeitunruhezitterndurchfallerbrechen
halluzinationenunruhekopfschmerz
atemdepressionhautausschläge bald isses
zu ende mit mir wurde auch zeit wie
lange hätte das noch so weitergehen
sollen sieh dich an sieh dir deine
nachbarn an basket cases hoffnungslos
verloren besser weg für immer weg du
starrst woran denkst du wenn du starrst
an den einen typen aus dem dritten stock
vielleicht keine ahnung wie der hieß
hatte darmkrebs dem haben sie im winter
gesagt bis zum sommer hast du noch das
war vor zehn jahren erst letzte woche
haben sie ihn überfahren jetzt ist er
gestorben aber nicht an darmkrebs was
die leute halt so reden du musst dir nen
job suchen sonst zwingen dich die ämter
zeitungen auszutragen solange du noch
aufrecht gehen kannst und das kann
noch ne ganze weile so sein und nur von
sozialhilfe kannste ja nicht leben sind eh

schon missträubisch die änmer sie haben
sich doch vertraglich dazu verpflichtet
eigenständig und mit voller kraft alles
dafür zu tun um eine beschäftigung zu
finden fuck me willst du zeitungen
austragen fuck nein vermisst person
weiblich anfang zwanzig
einstünfundsiebzig sehr schlank braunes
langes volles glattes haar grüne augen
längliche gesichtsform leicht gebräunter
teint baumwollpullover weiß mit
dunkelblauen querstreifen hellblaue
jeans karottenform hohe leibhöhe an den
knöcheln abgeschnitten cremeweiße
sneakers dunkelblauer schriftzug five an
den außenseiten schwarze söckchen
sogenannte füßlinge ich erinnere mich
auch sie war überdurchschnittlich
intelligent sagte immer ich glaube du bist
ein bisschen dumm wie recht sie alle
hatten obwohl um das zu realisieren
muss man nicht wirklich
überdurchschnittlich intelligent sein ist
dir eigentlich klar dass alle frauen mit
denen du etwas hattest einen
unglaublichen geschäftssinn hatten keine
künstlerinnen alles geschäftsfrauen
haben alle bereits in jungen jahren
daran gearbeitet ein business
aufzubauen swantje ja genau der name
passte wirklich sehr gut sie war nem
schwan schon sehr ähnlich hatte auch
nen wunderschönen hals so grazil hat sie
sich immer bewegt wie n verdammter
schwan mit anal beziehungsweise
vaginalhygiene hatte sie nicht viel am
hut völlig egal ich konnte sie trotzdem
gut riechen hab sogar kurzzeitig
überlegt mit ihr eine familie zu gründen
was bedeutet kurzzeitig hab irgendwann
mal davon geträumt nichts weiter sie
wollte nie mit mir ausgehen ich glaube
sie hat sich für mich geschämt ihr
freundeskreis hätte mich wahrscheinlich
auch nicht akzeptiert also kam sie
heimlich zu mir hat bei mir übernachtet
sie hielt mich wahrscheinlich für nen
ziemlichen loser glaube auch sie mochte
meine wohnung nicht nein ich weiß es
einmal sagte sie für immer will ich
bestimmt nicht hier drin bleiben wer
kanns ihr verübeln

~~so vermisst warum kommst du mich nic~~
~~ht mehr~~
~~besuchen ich hab mir furchtbare sorg~~
~~en um~~
~~dich gemacht ich hab dich auch vermis~~
~~st so~~
~~sehr war mir nicht sicher ob du mich lie~~
~~bst~~
~~oder ob du einfach nur gern geflirtet m~~
~~ir ist~~
~~klar geworden wie sehr ich dich brau~~
~~che festhalten küssen für immer ni~~

~~e mehr loslassen bitte halt mich fest~~

. eine beschäftigung suchen
irgendeine eine beschäftigung finden
irgendeine mich beschäftigen irgendwie
das bist du mit all deinen problemen fühlt
sich ungerecht an denken weiterdenken
umdenken gegenmaßnahmen einleiten
jetzt dazu war ich als kleinkind nicht in
der lage oder warte stimmt nicht ich fing
an zu weinen dann war immer jemand
zur stelle jemand mit tröstenden worten
jemand der mich an seinem mitgefühl
teilhaben ließ hier und jetzt ist niemand
zur stelle nur~~Das Fehlen von~~
~~Zögerungsspuren ist nur einer von vielen~~
~~Punkten, und die Leute sind in der Regel~~
~~nicht gut über die düsteren Umstände~~

seines Opps informiert. Hier geht es darum, objektiv zu sein: Er stach sich angeblich durch seine Kleidung hindurch (was bei Selbstmord selten ist), hatte keine Zögerungsspuren, winzige frische Wunden am rechten Oberarm und an der Handfläche und wies Knochenverletzungen auf. Dieser letzte Punkt ist besonders beunruhigend, da ein Gerichtsmediziner, der einen Artikel über Messerstiche (Selbstmord oder Mord) geschrieben hat, mir sagte, dies sei ein starkes Indiz für Mord. Und ich erwähne noch nicht einmal die Tatsache, dass er keine Drogen/Alkohol in seinem Körper hatte. Selbstmord durch Messerstiche ist selten, etwa 2 %, und von diesen 2 % werden die meisten nicht in den Brustkorb gestochen (das ist sehr schwierig), sondern in den Unterleib oder in den Hals. Nimmt man also die Zahlen aus der forensischen Literatur, so kann man diese einfache Rechnung aufstellen, die es in sich hat:

Selbstmord durch Messerstiche macht nur

2 % aller Selbstmorde aus.

In den meisten Fällen von Selbstmord

durch Messerstiche (>70 %) werden

Zögerungsspuren beobachtet.

Wenn Sie alle Referenzen haben

wollen: ich selbst ansonsten niemand ne

runde drehen samstag die beste zeit ne

runde zu drehen du hättest gestern auch
ne runde drehen können hättest die zeit
nutzen können besser als saufen ist
schon in ordnung samstag so siehst du
schon mal wie dein zukünftiges team
unter stress funktioniert dein zukünftiges
junges team**kannstdudasmitnem**

jungen team arbeiten alle so um

die zwanzig du als einziger

anfang sechzig jeder vögelt mit

jedem nur von dir will keiner was

weil du schon so alt bist kannst du

das wirklich hältstdu das ausdurch
die viertel streifen untergehen in einer
fliehenden masse unsichtbar werden
eine datei bleiben jederzeit abrufbar ah

nummer eins zwei null vier sieben sechs

b null vier zwei na da sind sie ja gerade

nochmal so davongekommen damals so

stehts hier geschrieben erinnern sie sich

aufstehen mich zurecht machen mich

fertig machen was würdest du jemandem

Reihen- folge

ArbeitssuckfuckHritte

1
2
3
4
5
6
7

MotorFußr
asteMotortr
ägerstrebe
Motorhalter
~~und~~
~~durchdasloc~~
~~h in~~
~~meinem~~
~~schädel~~
~~kannst du~~
~~nach und~~
~~nach~~
~~betrachten~~
~~wie die~~
~~weltsich~~
~~langsam~~
~~weiterdreht~~

Siehe unter "MOTOR MONTIEREN". Reihenfolge

Die Montage erfolgt in umgekehrter Reihenfolge.

4-5

der aussieht und riecht wie ein obdachloser antworten wenn er dich fragen würde braucht ihr zur zeit leute wohl eher nein oder weiß nich kommt drauf an auszusehen wie ein obdachloser is doch gerade voll angesagt egal mich zurecht machen mich fertig machen eine kalte dusche vielleicht zuerst noch musik wach

werden sanft wach werden nichts
trauriges erinnere dich an den versuch
mit den eineiigen zwillingen eine hörte
jeden tag nach dem aufstehen traurige
musik die andere hörte musik die gute
laune machte die mit der traurigen musik
war nach drei wochen depressiv die
kleidung sorgfältig auswählen deine
kleidung keinen anzug niemand will nen
anzug hinter ner bar kommt drauf an es
gibt inhaber die sowas vorschreiben und
es gibt gäste die sowas gut finden willst
du dort arbeiten nein also nicht zu
schrottig nicht zu edel parfüm vielleicht
erinnere dich so viel wie nötig so wenig
wie möglich ~~erinnere dich die kleine im~~
~~hausflur weißt du noch was sie gesagt~~
~~hat als sie hinter dir die treppe hochging~~
~~du riechst gut wie alt war sie eigentlich~~
~~anfang zwanzig glaubichund wieso war~~
~~lebt ja noch wohnt immer noch im~~
~~hinterhaus sah damals gar nicht so übel~~
~~aus jetzt sieht sie aus wie alle anderen~~
~~die es nicht geschafft haben diese~~
~~verwahrloste gegend aus eigener kraft~~
~~zu verlassen ich schätze die kleine war~~
~~damals anfang zwanzig ganz schön~~

mutig nem typen ende fünfzig sowas zu
sagen sie hat mich wahrscheinlich
wesentlich jünger geschätzt und was hast
du gesagt danke ja ich erinnere mich
oder danke schön hab ich gesagt oder
vielen dank irgendetwas in der art keine
ahnung sie ist immer noch allein genau
wie ich wartet darauf dass jemand den
ersten schritt macht wie ich einfach
rübergehn und ihr sagen das wird nicht
passieren weißt du doch gar nicht
außerdem stell dir vor jemand steht vor
deiner tür und erzählt dir so ne scheiße
ich hätte damals ein gespräch beginnen
können du wohnst im hinterhaus gell wie
gehts dir so warst du einkaufen was
machst du so und was habe ich gesagt
danke schön was bedeutet das eigentlich
sie sieht so aus wie jeder andere der es
nicht geschafft hat diese verwahrloste
gegend aus eigener kraft zu verlassen
sie ist nicht hässlich nein nun ja was
bedeutet das eigentlich gar nichts sie ist
nicht mein typ obwohl sie hat sowas
rotziges dunkelbraunes langes haar
dunkle augenringe wenn sie mich
ansieht weiß ich immer nicht ob sie

~~kuscheln oder sich mit mir prügeln will~~
~~stell dir vor sie steht~~ **schwersten Störungen der Persönlichkeit überhaupt. Die Betroffenen sind sehr misstrauisch anderen Menschen gegenüber. Sie sind überzeugt, dass man ihnen übel will, und verhalten sich daher oft gereizt und aggressiv. In einer Therapie können Betroffene gemeinsam mit dem Therapeuten günstigere Verhaltensweisen und Denkmuster erarbeiten** ~~vor deiner tür sagt hi wie gehts hast du lust mit mir nen kaffee trinken zu gehen was würdest du antworten ja gerne danke schön würde ich wirklich mit ihr nen kaffee trinken gehn warum nicht sie sieht eigentlich ziemlich gut aus rotzig eben nur noch wenige gedanken und du bist wieder bei sie ist zu gut für dich~~ deine lebenseinstellung wahrscheinlich positiv aber nur weil du neugierig bist noch nicht so viel gesehen hast oder was ein älterer mann sonst noch so denkt und fühlt wenn er plötzlich und täglich mit der gesamtsumme all seiner bisherigen entscheidungen konfrontiert wird kennst du das ältere menschen die einen mit vermeintlichen lebensweisheiten konfrontieren

und du stehst da oder sitzt denkst what the
fuck und ich freu mich auf heut abend kennst
du das junge menschen die einen mit ihrer
lebensfreude konfrontieren und du liegst da
denkst what the fuckaußerdem wenn du
noch lange darüber nachdenkst was
wäre wenn wird nicht viel geschehen du
wachst auf völlig vereinsamt nicht nur ein
bisschen so wie jetzt nein völlig
vereinsamt und definitiv nicht mehr in
der lage anderen gegenüber
aufgeschlossen zu begegnen also
schwing deinen arsch unter die dusche
zieh dich an und think fucking positive
nur wenige monate noch so haben sie
gesagt keine gute nacht heute nacht
schlecht geschlafen zwei stunden
schlafen zwei stunden wach schlafen im
zwei stunden rythmus denken im zwei
stunden rythmus fühlen im zwei stunden
rythmus leben im zwei stunden rythmus
~~sterben im zwei stunden rythmus~~
duschen wollte ich ja duschen egal nimm
deo also duschen dann wichsen nein
zuerst wichsen dann duschen auf wen
abwichsen abwichsen auf wen auf die
vom hinterhaus stell dir vor sie sieht dich
herausfordernd an während sie mit ihren

zarten fingern ihren zarten händen
deinen alten schwanz wichst heftig
wichst stell dir vor sie sieht dich die
ganze zeit dabei an bis du abspritzt oder
besser sie setzt sich kurz bevor du
kommst auf deinen schwanz damit du in
sie reinspritzen kannst hat sich alle mühe
gegeben sauber zu rasieren aber
dunkles haar du weißt ja dunkles haar
und sie ist nicht eng reitet dich aber so
heftig dass du trotzdem kommst gute idee
stehen dabei stehen die linke hand die
linkefuckfuckfuckfuckfuckfuckfuckfuckfuck
fuckfuckfuckfuckfuckfuckfuckfuckfuckfuckf
uckfuckfuckfuckfuckfuckfuckfuckfuckfuckfu
ckscheißen noch vor der dusche scheißt
du danach juckt dein after du hast dann
so nen merkwürdigen gang also
scheißen blutiger durchfall natürlich was
sonst und dieser gestank fäulnis bald ists
vorbei mit mir bald ists mit mir vorbei
warum nur hab ich mir ne wohnung ohne
fenster im bad ausgesucht nicht du hast
dir ne wohnung ausgesucht eine
wohnung hat dich ausgesucht oder
würdest du behaupten damals in der
lage gewesen zu sein rationale

entscheidungen treffen zu können bei
weitem nein is ja nich so als würdest du
gar nichts können ein motorrad hast du
restauriert im winter vor jahren dann im
frühling den anlasserknopf gedrückt der
motor lief ungefähr zehn sekunden dann
flammen die benzinleitung undicht die
benzinleitung scheiß billigschläuche ein
kurzer knall der tank in flammen und
dein jackenärmel zum glück war der tank
fast leer zumindest der feuerlöscher
funktionierte tadellos is ja nich so als
würdest du gar nichts machen der
vermieter fands gar nicht lustig hätte dir
beinahe den tiefgaragenstellplatz
genommen tiefgaragenverbot lebenslang
stell dir vor was würdest du mit deiner
zeit anfangen wenn du nicht mehr in der
tiefgarage schrauben könntest hast kein
glück mit motorrädern das motorrad hat
nie funktioniert egal bei diesem wird
alles funktionieren der motor wird
prächtig funktionieren abgeschossen
haben sie dich auch schon vier wochen
rollstuhl sechs wochen krücken alles nur
damit du eine stunde pro tag durch die
gegend fahren und born to be wild

singen kannst so what andere sind viel
schlimmer dran siehst nicht schlecht aus
auf keinen fall wieder nen biergarten
und nichts mit uniform ne schürze wirst
du schon anziehen müssen ok das ist
einzusehen aber eine von der hüfte
abwärts keine mit latz soll das heißen
dass du ein angebot ablehnen würdest
nur weil du ne latzschürze anziehen
müsstest vor allem wenn dir das team
ansonsten gefällt bollocks kannst nicht
mehr allzu hohe ansprüche stellen dein
gesicht ist ziemlich breit geworden über
die jahre saufen fettiges essen diese
roten flecken auf der stirn und an den
wangen anfang sechzig sieht man dir an
ein café in dem ich meine eigene
kleidung anziehen kann wär trotzdem
super erinnere dich dein letzter job
lederhosen musstest du anziehen na ja
besser als arbeitslos und überhaupt tröste
dich in ein paar jahren wenn dich deine
sauferei endgültig zugrunde

Perso nality &Dev elop

ment

(The period from child to adult is a very sensitive phase. It is characterized by developmental demands, changes and crises. The ability to adapt socially is of great importance in mastering this stage of life. Adjustment disorders represent a typical feature of suicidal children. As a rule, suicidal adolescents react to problems either impulsively-aggressively or they withdraw and take refuge in*eine vergangenheit kann ich mein eigen nennen ja ich erinnere mich eine vergangenheit ein leben das nicht* *nur aus flüchtigen beziehungen*

bestand spürst du das dieser

moment wenn die schwermut

unerträglich wird von deinem körper

besitz ergreift dich in den boden

zieht der moment wenn dir klar wird

irrelevant alles großeltern die mich

liebevoll aufzogen freunde im

kindergarten freunde in der schule

überhaupt weggefährten in ner

spielothek hast du doch gearbeitet

mit anfang zwanzig dich mit

matthias angefreundet der hat sich

dann in corinna verliebt genau wie

du befreundet waren wir drei ins

kino sind wir zusammen gefahren in

clubs waren wir fast jede woche

monatelang hab corinna zur rede
gestellt nachdem ich
herausgefunden hatte dass sie und
matthias ein paar sind was hat sie
noch gleich gesagt tut mir leid ich
habe mich einfach in ihn verliebt
und er sich in mich was habe ich
noch gleich zu ihr gesagt jetzt habt
ihr unsere freundschaft geopfert
natürlich jetzt habt ihr unsere
freundschaft geopfert lehrer die
mich verabscheuten lehrer die mich
mochten lehrer die verzweifelt und
vergeblich versuchten mir etwas
beizubringen mich zu fördern
menschen die verzweifelt
versuchten mich zu lieben

menschen die ich verzweifelt

versuchte zu lieben zu achten zu

respektieren menschen die mir

scheiß egal waren menschen

denen ich scheiß egal war was

wohl aus ihnen geworden ist

interessiert dich das wirklich nein

ich bin froh bald niemanden mehr

sehen zu müssen falsch **ich**

will leben und

falsch vergangenheit fühlt sich an

wie eine nicht enden wollende

abfolge flüchtiger beziehungen

aber das ist ok geht wahrscheinlich

allen so fantasies and musings. Often the affected children are less socially accepted, feel lonelier, more hopeless and have low self-esteem).

Boys with a late onset of puberty and girls with an early onset of puberty show increased psychological and social problems as well as an increased risk of suicide. Problems with sexual identity, such as homosexuality, can also be a stress factor for adolescents.

gerichtet hat

Arbeitsschritt/Bauteil

1
2
3
4
5
6
7
8
9
1
0

Ventile
und
Ventilfeder
n
demontier
en

Nockenwell
e…~~ist~~
~~erfahrungsg~~
~~emäß~~
~~besonders~~
~~potent in der~~
~~Suppression~~
~~der~~
~~Kataplexien,~~
~~seine~~
~~Anwendung~~
~~ist jedoch~~
~~durch das~~
~~häufigere~~
~~Auftreten~~
~~von~~
~~Nebenwirku~~

⌐

kannst du immer noch behaupten das

leben war nicht gut zu mir vermisst

männliche person achtundsechzig jahre

alt körpergröße einsneunundfünfzig

untersetzt dünnes graues nach hinten

gekämmtes haar braune augen

mitteleuropäisches aussehen weißes

hemd beige jacke graue baumwollhosen

braune sandalen schwarze socken seit

einem linksseitigen hüftbruch auf eine

gehhilfe in form einer grauen krücke

angewiesen wohlhabender bauernsohn

vom vater enterbt von der mutter

verstoßen weil er eine

heimatvertriebene heiratete was sollen

die leute denken dann

gelegenheitsarbeiter alkoholiker lernte

dann die liebe seines lebens

verabscheuen erniedrigen hassen

erinnere dich we dont get any wiser only

tired und überhaupt was soll das heißen

in ein paar jahren bis zum herbst

allerhöchstens schon wieder vergessen

deine wohnung der boden im

badezimmer dieser dreck überall und

dieser beschissene motor in der mitte des

raums what the fuck wie lange hast du

schon nicht mehr

geputzt**Anzahl der**

Sterbefälle

durchich träumte vom

~~sterben meinem eigenen dem der~~

~~anderen~~ Suizid in Deutschland nach Art der Methode

Anzahl der Sterbefälle durch Suizid
4.1794.179
980980
663663
   572572
505505
488488
      435435
353353
223223
    194194
~~Begleiterscheinungen sind~~
~~Kopfschmerzen, Gedächtnis-~~
~~und Konzentrationsstörungen,~~

einschlafbedingte Unfälle,
Depression, Potenzstörungen,
Persönlichkeitsveränderungen 13
7137

107107
103103
                    9696
5757
4949
        1313
1212
66
55
33
00
00
4.2564.256
        950950
666666
554554
                    510510
531531
356356
482482

107107
116116
127127

9696

~~irgendwie merkwürdig aber ich habe das~~

~~gefühl wir haben uns irgendwann schon~~

~~einmal getroffen irgendwie kommen sie~~

~~mir sehr vertraut vor ihre haare ihr style~~

~~echt jetzt~~

~~ja komisch oder~~

~~sehr mir gehts mit dir tatsächlich auch so~~

~~ist vielleicht einfach so wenn man~~

~~einander mag~~

~~vielleicht~~

~~was machst du eigentlich wenn du nicht~~

~~hier arbeitest christine~~

~~nicht viel hab vor ein paar monaten abi~~

~~gemacht und wollte eigentlich nur den~~

~~sommer genießen aber das ist~~

~~schwieriger als ich dachte~~

~~den sommer genießen~~

~~nichts tun wissen sie nach ein paar tagen~~

~~denke ich mir andere machen so viel und~~

~~ich mache gar nichts~~

~~was machen andere denn so viel~~

226226
207207

~~na zum beispiel nach australien reisen~~

~~oder ne lehre anfangen sich irgendwie~~

~~nützlich machen irgendwas tun woran~~

~~denken sie gerade~~

~~wieso wie kommst du jetzt darauf~~

~~sie haben so nen speziellen blick~~

~~bisschen sehnsüchtig würden sie gerne in~~

~~den urlaub fahren~~

~~sehnsuchtsblick also wow jetzt bin ich~~

~~echt ein bisschen peinlich berührt~~

~~woran haben sie gedacht~~

echt jetzt

ja sagen sie schon

na gut an mit laub übersähte straßen und

den moment wenn dir bewusst wird der

sommer ist nun endgültig vorbei

das kenn ich der geruch von gebrannten

maroni wenn man durch die stadt

spaziert die letzten warmen sonnentage

an solchen tagen zieht man sich immer

zu dünn an dann erkältet man sich

1212
66
55
33
00stimmt genau man kann nun wirklich
nicht behaupten du würdest nichts tun du
arbeitest hier fast jeden tag gastro ist
knallhartes geschäft glaub mir ich weiß
wovon ich spreche andere liegen nur am
strand rum und ärgern sich über touristen
das stimmt wohl teilweise schön mit ihnen

zu sprechen schön dass sie da sind

es ist auch schön mit dir zu sprechen

christine

arbeiten sie auch in der gastro

ja

wo arbeiten sie denn

momentan gar nicht ich bin auf der suche

und wo haben sie vorher gearbeitet

außerhalb in so ner bayrischen

wirtschaft

so richtig mit lederhosen

so richtig mit lederhosen

die nehmen hier nur frauen ansonsten

würde ich natürlich fragen

schon gut kein problem 5959

5050

2424

3636

ob. christine. ahnt. dass. ich.
nachts. aufwache. stundenlang.
wachliege. an. sie. denke. an. uns.
denke. daran. wie. schön. es.
wäre. würde. sie. neben. mir.
liegen. für. immer. ob. christine.
ahnt. dass. ich. an. manchen.
tagen. zu. nichts. imstande. bin.
ihretwegen. ob. christine.
genauso. fühlt. sie. hat.
wahrscheinlich. keine. zeit. so. zu.
denken. oder. so. zu. fühlen. hat.
viel. zu. tun. all. mein. leiden. ist.
letztendlich. doch. nur. purer.

luxus. 88

55
44
99
11
4.3214.321
981981
        766766
447447
438438
684684
388388
537537

324324
234234
                    100100
8585
220220
100100
8383
    4949
1616
   2121
1515
44
                44
33

Suizid durch Erhängen,
Strangulierungoder Ersticken
Suizid durch Sturz in die Tiefe
Suizid durch andere Arzneimittel,
~~warten auf den moment an dem all~~
~~meine gedanken und emotionen zu einer~~
~~nicht enden wollenden abfolge~~
~~ungefährer erinnerungen verschmelzen~~
~~dann mich sehr genau erinnern an den~~
~~moment als mir bewusst wurde das ist die~~

~~zeit meines lebens dann stille ewige~~
~~stille~~Drogenund biologisch aktive(n)
Substanzen u.a.
Suizid durch sonstige Methode
Suizid durch sonstige Feuerwaffe
Suizid durch Überfahren lassen
Suizid durch scharfen Gegenstand
Suizid durch Gase und Dämpfe
Suizid durch Antiepileptika,
Hypnotika,Antiparkinsonmittel(n)
undpsychotrope(n) Substanzen
Suizid durch Ertrinken
Suizid durch sonstige Chemikalien
Suizid durch absichtlichen
Autounfall
Suizid durch Handfeuerwaffe
Suizid durch Betäubungsmittel
undPsychodysleptika u.a.
Suizid durch Feuer
Suizid durch Gewehr,
schwereSchusswaffe
Suizid durch Alkohol
Suizid durch Pestizide
Suizid durch nicht
opioidhaltige(n)Analgetika,
Antipyretika undAntirheumatika u.a.
Suizid durch Explosivstoffe
Suizid durch stumpfen Gegenstand
Suizid durch organische
Lösungsmittel**

Suizid durch Wasserdampf u.a.

0
1.000
2.000
3.000
4.000
5.000

⚬⚬ Suizid durch Betäubungsmittel und Psychodysleptika u.a.

⚬

das satellitenbild zeigt über dem

südlicheren und mittleren frankreich ein

breites wolkenband es gehört zu einem

störungsausläufer der sich weiter nach

südosten verlagert bei flacher

druckverteilung bestimmt im norden

trockene im süden feuchtwarme luft das
wetter die vorhersage für morgen
überwiegend heiter bis wolkig
nachmittags im westen und süden stärker
bewölkt und vereinzelt schauer oder
gewitter tiefsttemperaturen fünf bis zehn
grad tageshöchsttemperaturen achtzehn
bis dreiundzwanzig grad im norden und
nordosten um zwölf grad meist
schwacher in gewitternähe böig
auffrischender wind aus
unterschiedlichen richtungendu starrst
was denkst du wenn du starrst damals
vielleicht die eine vielleicht der hat
schöne augen hat sie gesagt damit hat
sie mich gemeint sie war wirklich hübsch
aber ihr charakter ihre art war so gar

nicht meins hatte ich eigentlich was mit

ihr glaub nicht wir saßen einmal

zusammen im auto weißt du noch du hast

sie nach hause gefahren ah ja und

worüber haben wir gesprochen na

erstmal gar nicht du hast überlegt ob du

sie küssen solltest dann hat sie dir erzählt

wie sie mal ihren kleinen neffen

gewickelt hat und der hat sie zuerst

angebieselt dann ne erektion bekommen

ja genau dann wollte ich sie nicht mehr

küssen die hübsche mit den roten haaren

~~ihr vater war jäger hatte ne geliebte als~~

~~seine frau intervenierte und sich~~

~~scheiden lassen wollte hat er erst seine~~

~~geliebte dann sich selbst erschossen~~

~~romantisch nicht wirklich musste ein~~

paarmal schießen also auch ein paarmal
auf sich selbst bis er tot war haben sich
angeblich nen letzten schönen abend
gemacht kerzen angezündet dont fear
the reaper gehört wieder und wieder
was die leute halt so erzählen dann hat
er ihr wohl ein kissen aufs gesicht gelegt
ihr in den kopf geschossen sie war aber
noch nicht tot was die leute halt so
erzählen er erschoss sie also nochmal
hat dann den lauf der waffe unter sein
kinn gesetzt also lauf richtung schädel
und abgedrückt half nichts hat sich nur
das gesicht weggeschossen blut also
überall blut was die leute halt so
erzählen er kroch zur kommode in der
die munition aufbewahrt war lud nach

~~schoss sich in die schläfe das wars dann~~

~~was die leute halt so erzählen~~

zylinderkopf kontrollieren

ölkohleablagerungen in den

brennräumen entfernen keine

scharfkantigen werkzeuge verwenden

um beschädigungen und kratzer in

folgenden bereichen zu vermeiden

kerzenbohrung und gewinde ventilsitze

das wird ein ziemlicher dreck werden

musst du in der badewanne machen

kaufen ofenreiniger topfschwämme

Z
Y
L
I
N
D
E
R
K
O
P
F

ZYLINDERKOPF!!!der
moment wenn man mit
von der sonne
aufgeheiztem körper
in eiskaltes wasser
einfaucht!!!
DEMONTIEREN

1. Demontieren:
SZylinderkopfmuttern 1 X 16

HINWEIS:

Die Muttern in der gezeigten Reihenfolge lösen. Die Muttern jeweils nur um eine 1 / 2-Umdrehung lockern. Nachdem alle Muttern vollständig ge-lockert sind, ganz abnehmen.

~~du hast nicht gerade den eindruck gemacht als ob dir unsere trennung sonderlich wehtun würde du auch nicht~~

ENG

ZYLINDERKOPF KONTROLLIEREN

Der nachfolgende Vorgang gilt für alle Brennräu- me.

1. Entfernen:

S Ölkohleablagerungen in den Brennräumen (mit abgerundetem Schaber)

HINWEIS:....laufen dabei immer gleich ab BEISPIEL1der erkrankte verliebt sich verhält sich extrem freundlich(grundcharakter seiner hochsensiblen und außerordentlich intelligenten persönlichkeit) gewinnt sein gegenüber für sich wenn der erkrankte spürt dass er jemanden erobert hat kompletter rückzug1.eine sogenannte schutzhaltung wird

~~eingenommen um nicht verletzt zu werden der wunsch mit jemandem permanent zusammen zu sein bedingungslos zu lieben bzw. von jemandem geliebt zu werden bleibt allerdings bestehen wird durch dieses verhalten sogar noch verstärkt ein sogenannter teufelskreis aus dem es für betroffene kein entkommen gibt~~**Keine scharfkantigen Werkzeuge verwenden, um Beschädigungen und Kratzer in folgenden Berei- chen zu vermeiden:

S Kerzenbohrung / -gewinde

S Ventilsitze

2. Kontrollieren: S Zylinderkopf

Schäden/Kratzer !
Austauschen. 3. Messen:

S Zylinderkopf-Verzug
Nicht im Sollbereich !
Zylinderkopf plan- schleifen.

vergiss deine medikamente nicht
konzentrier dich die bahn die bahn
richtung innenstadt ne wohnung in der
innenstadt wolltest du immer kannst du
vergessen viel zu teuer bräuchtest du
mehr geld müsstest du mehr leistung
bringen was würdest du christine
erzählen wenn sie dich fragen würde
was machst du eigentlich den ganzen tag
na rumhängen was sonst bestimmt denkt
sie dass du fotos von sehr jungen
mädchen oder buben sammelst oder
sonst irgend nen krankhaften scheiß
glaub ich nicht sie schien nicht abgeneigt
aber krass oder dass sie dich gefragt hat
was mit dir los ist als ob was schlimmes
passiert wäre ich meine es könnte ihr ja
eigentlich scheiß egal sein was mit mir
los ist schließlich hab ich nicht geweint
trotzdem nicht überbewerten sie ist
einfach höflich und fürsorglich zu all
ihren gästen außerdem wieviel trinkgeld
hast du ihr eigentlich gegeben
einhundertfünfzig prozent na siehste hat
sich doch für sie gelohnt glaub nicht dass
christine nur auf trinkgeld aus war klar
wissen tu ichs nicht wahrscheinlich sitzen
jeden tag zehn oder zwanzig typen bei
ihr im service die sie heiß finden die sie

hello findet stell dir vor sie zeigt interesse
will sich mit dir treffen bei dir ganz
spontan was machst du dann ihr sagen
meine wohnung ist ein schweinestall
gerne morgen dann nach hause gehen
und meine wohnung putzen wie auch
immer heute frag ich christine hey
wollen wir uns mal treffen oder so immer
lächelt sie wenn du im service sitzt immer
lächelt sie dich an und das ist keins
dieser is ja gut konsumiere und verpiss
dich wieder lächeln das weiß ich woher
denn ich weiß es einfach das is ne
klassefrau glaubst du wirklich die fährt
mit zu dir vorstadt gestank dreck tristesse
du bist mindestens vierzig jahre älter
hockst in ner billigen wohnung ein
motorrad im keller das nicht funktioniert
ein motorrad im keller für dessen
reparatur und unterhalt du bald kein
geld mehr hast vermisst person weiblich
anfang zwanzig einsachtundsechzig
breite schultern breite hüften sehr
sportlich hellbraunes lockiges sehr
langes haar augenfarbe grün braun
ovale gesichtsform gebräunte haut
cremefarbener übergroßer strickpullover
schwarze leggings braune halbschuhe
braune schnürsenkel diverse
lederbänder und sogenannte
freundschaftsbändchen am linken
handgelenk ich erinnere mich feline hat
immer am eisbach gesurft im winter
glaub es war ein mittwoch an dem sie bei
mir war der kleine lord wurde im
fernsehen ausgestrahlt glaub es war ein
mittwoch ich machte es ihr mit der zunge
sie spritzte mir in den mund ich
verschluckte mich musste schrecklich
husten es war ihr furchtbar peinlich sie
entschuldigte sich gefühlte tausend mal
bei mir ich sagte macht nichts finds voll
geil hab weitergeleckt weitergehustet
war ich in die verliebt wohl nicht so sehr
war ne sehr kurze geschichte gearbeitet

habe ich doch zu jener zeit in dem einen
café an der bar hast du gearbeitet weißt
du noch wo der alte mal gegen die
kuchenvitrine gebieselt hat weil ihm die
kuchen nicht gefallen haben ja genau
wegen feline hab ich damals das
motorrad wieder zum zweisitzer
umgebaut sie ist nur einmal mitgefahren
hatte furchtbare angst hat immer mit
ihren händen auf meine oberschenkel
geklopft fahr bitte langsamer bitte etwas
langsamer das war tatsächlich der
trennungsgrund ich kanns nicht fassen
weggelaufen ist sie als du ihr gesagt hast
ich glaube das mit uns is nich so gut wie
kommt man eigentlich auf so nen scheiß
ich glaube das mit uns is nich so gut was
man halt so sagt wenn man sich
rauswinden will fuck zu weit gefahren
konzentrier dich drei stationen zu weit
gefahren unfassbar drei stationen zurück
fahren erhöhte chance beim
schwarzfahren erwischt zu werden wie
willste das bezahlen konzentrier dich
deinen schwarzen anzug hast du
angezogen sieht vielleicht ein bisschen
vorbereitet aus so hey ich hab was vor
hab mich deswegen schick gemacht nein
ist schon ok hast ja die dreckigen
sneakers an hast nen guten stil wenn sie
dich leiden kann wird sie das
anerkennen entspann dich ~~mögliche frage~~
~~wo siehst du dich in zehn jahren mögliche~~
~~antwort sehr witzig folgende situation du~~
~~sitzt in der u bahn plötzlich kommt jemand~~
~~auf dich zu schreit lass den platz gefälligst~~
~~frei für gehbehinderte du blödes arschloch~~
~~du wertloses stück scheiße mögliche~~
~~reaktion sagen was los haste schlecht~~
~~gefickt verpiss dich du vollidiot oder ich~~
~~hau dir aufs maul bullshit alles bullshit du~~
~~stehst auf peinlich berührt gerötetes~~
~~gesicht gehst einfach weg setzt dich~~
~~woanders hin guckst nicht zurück der typ~~
~~tobt weiter lacht niemand hilft dir du allein~~
~~mit all der erniedrigung mit all dem~~
~~schmerz~~ spürst du das jetzt in diesem

moment dieses brennen im magen dieses
brennen in meinen gedärmen dieses
brennen im schädel die tabletten
nehmen jetzt immer nur eine und immer
sofort dann wenn der schmerz beginnt
ansonsten sind die schmerzmittel
wirkungslos also jetztjetztjetzt wonach
riecht es hier nach bärlauch nein im
herbst riecht es hier nach kastanien nein
im winter werden hier gebrannte
mandeln verkauft ich kann mich nicht
erinnern**verhält es sich**
ähnlich wie bei einer
sehr starken migräne
die gefahr einer
überdosierungistgegeben das
haben die gesagt denn schließlich will
man dass der schmerz aufhört der
schmerz hört aber nicht auf wenn man
ihn nicht früh genug ausschaltet man
nimmt also noch eine und noch eine
riskiert ne überdosis dann liegst du
eventuellda bist auf fremde hilfe
angewiesen ein beatmeter klumpen
fleisch aus dem haare wachsen hab ihn
den schmerz hab ihn erwischt dieses mal
die nebenwirkungen natürlich nehmen
sie die medikamente nur unter aufsicht
das haben die gesagt wer sollte mich
beaufsichtigen hier und jetzt
fußgängerzone einkaufsmeile oder ihr
kauft wir sagen euch was und wenn euch
das nicht passt werden wir euch
suggerieren dass ihr euch von der
breiten masse abhebt dann kauft ihr
eben sachen von denen ihr überzeugt
seid das lässt mich anders aussehen lässt
mich besser aussehen anders als der rest
besser als der rest und auch ihr dann
kauftkauftkauft und alle so der is nich von
hier ~~to do kurze hosen tragen mich über~~

VENTILE DEMONTIEREN

Der nachfolgende Vorgang gilt für alle Ventile und dazugehörigen Teile.

HINWEIS:

Vor dem Ausbau der Teile aus dem Zylinderkopf (z. B. mögliche frage wo siehstdu dichin zehn jahren mögliche antwort sehrwitzig Ventile, Federn, Federteller/-sitz) sicher- stellen, daß die Ventile dicht schließen.

1. Demontieren:
STassenstößel 1
SEinstellscheibe 2

HINWEIS: wohin gehen wir jetzt was meinst du mit wohin gehen wir jetzt es ist vier uhr morgens wir liegen im bett hast du geträumt

Ventilstößel und
Einstellscheiben nach Zugehö-
rigkeit kennzeichnen, damit sie
wieder an der ur- sprünglichen
Stelle eingebaut werden
können.

2. Kontrollieren:
S Dichten Sitz der Ventile

Undichtigkeit am Ventilsitz !
Ventilkegel, Ven- tilsitz und
Sitzbreite kontrollieren.
Siehe unter "VENTILSITZE
KONTROLLIE- REN".

    a.   Sauberes Lösungsmittel
       1 in Ein- und Ausläs- se
       gießen.

b. Sicherstellen, daß die Ventile vollständig dicht schließen.

Am Ventilsitz 2 darf sich keine Undichtigkeit zeigen. oder dieser eine film über den obdachlosen der viel zu gut aussieht in ner mülltonne ein skateboard findet nach und nach skateboardfahren lernt mit dem skateboard ne ziemlich weite strecke nach hause fährt um sein erbe anzutreten sich dann allerdings bei seiner familie also halbschwester angekommen aufgrund diverser vorfälle

erinnert warum er einst sein

reiches elternhaus verließ um auf

der straße zu leben sich dann

wieder für die straße entscheidet

das heißt so genau weiß mans

nicht er wirft das skateboard in

ne mülltonne geht ne straße

runter entfernt sich titel ende

seine halbschwester war heiß

beste sexszene die ich je in nem

film gesehen habe obwohl

eigentlich ist es keine sexszene

 an

einee

wig

unbe

kannt

e ~~ich ich vermisse ich~~

~~vermisse dich so sehr wer~~

~~immer du auch bist wo~~

~~immer du auch bist~~es ist nicht

auszuschließen dass wir eines tages

endlich aufeinandertreffen dann werde

ich dir in die augen sehen sanft lächeln

und du wirst wahrscheinlich denken

whatthefuck kurz hinsetzen nur

kurz ausruhen vor ein paar

jahren noch hast du ältere

menschen bemitleidet die schwer

atmend auf parkbänken sitzen

weil sie nicht mehr so können wie

sie gerne wollen von wegen das

wird dir nie passieren oder

damals hochsommer schulferien

nachmittags in den supermarkt

gehen ein eis kaufen barfuß mit

großmutters viel zu großer

sonnenbrille der asphalt

angenehm warm der fußboden

im supermarkt angenehm kühl

dann den ganzen tag durch die

gegend spazieren ungewaschen

ungekämmt die kleidung

schmutzig den anderen kindern

aus sicherer entfernung beim

spielen zusehen abends dann

nach hause zu oma haschee mit

nudeln essen na was hast du den

ganzen tag gemacht mein
schatzilein vermisst weibliche
person achtundsiebzig jahre alt
körpergröße einsvierundfünfzig
untersetzt grün blaue augen
dauergewelltes graues haar mit
blaustich osteuropäisches
aussehen beige bluse
dunkelgrüner knielanger rock
beige strumpfhose schwarze
sandalen mit keilabsatz leicht
hinkender gang aufgrund von
knieproblemen sagte immer mir
haben sie nichts getan aber ich
bin trotzdem ausgewandert
deutsche waren damals nicht
wirklich beliebt mein schatzilein

als ich klein war fand ich unter

ihrem bett nen schuhkarton

randvoll mit alten fotos auf

manchen hatte sie blutergüsse im

gesicht wirkte traurig und

erschöpft auf anderen lachte sie

fröhlich wirkte sie auf keinem all

die modrigen gebäude dieser

modrigen stadt all die modrigen

städte dieser vermoderten welt

oder zufluchtsorte mahnmale

hoffentlich denkt christine nicht

ich will nichts mehr von ihr weil

ich sie ne woche lang nicht

besucht habe vielleicht denkt sie

auch gar nicht an mich vielleicht

bin ich ihr einfach nur scheiß

egal stell dir vor sie ist in einer
woche weg auslandsstudium nein
nein hätte sie bestimmt mal davon
erzählt wir wissen ja schon
ziemlich viel voneinander was
wenn das alles gelogen war was
wenn sie mir märchen erzählt
was wenn sie das ständig macht
erinnere dich als du zwanzig
warst hast immer nur ja genau ja
stimmt geantwortet in der
hoffnung dass dein gegenüber
endlich das maul hält emotionen
meine güte in dem alter läuft man
vor emotionen davon präsentiert
ne hülle oder versucht es weißt
du doch obwohl muss ja nich bei

allen so sein nur weils bei mir so

war letztes jahr der eine typ

letztes jahr hat seinen schädel

gegen die wand geschlagen bei

der uni gegen die mauer der

staatsbibliothek wieder und

wieder mit voller wucht mit der

stirn gegen die wand leute

rannten zu ihm versuchten ihn

davon abzuhalten er war

ziemlich sturschrie verpisst euch

ihr faschistenschweine schrie

irgendjemand mussdochwas

dagegen unternehmen hat weiter

gemacht blutete wie ne

abgestochene sau aus der stirn

hat der geblutet das blut lief ihm

in die augen tropfte auf seine

kleidung auf den boden jemand

rief die polizei die konnte ihn

dann überwältigen an der mauer

ist seitdem ein rotbrauner fleck

passt irgendwie sieht richtig aus

bei all dem weiß die schwachen

momente morgens nach dem

aufstehen sie werden zahlreicher

die sanfte stimme in meinem kopf

welche mir all die jahre dabei

half zu überleben hat sich in

ohrenbetäubendes geschrei

verwandelt du starrst woran

denkst du wenn du starrst

~~menschen die in cafés mit dem~~

~~rücken zum eingang sitzen wie~~

war das noch gleich stell dir vor
jemand kommt rein zückt ne
waffe und ballert los aus
irgendwelchen gründen gott oder
politik was auch immer wenn du
den eingang im blick behältst
erhöhen sich deine chancen zu
überleben und der andere so
vielleicht sind diejenigen die mit
dem rücken zum eingang sitzen
denjenigen die den eingang im
blick haben bereits einen schritt
voraus spüren instinktiv wenn
gefahr im verzug ist verlassen die
örtlichkeit früh genug um dem
massaker von vornherein zu
entgehen können sich also völlig

frei bewegen können also sitzen
wo und wie sie wollen stell dir
vor jemand kommt auf dich zu
sagt ich ahne hier kommt gleich
jemand rein der wild um sich
schießen wird sie haben nicht
mehr lange zu leben besser sie
gehen nach hause jetzt und du
glaubst dieser person weil diese
person verdammt überzeugend
wirkt könnte ja schließlich auch
jene person sein die um sich
schießen wird du gehst also nach
draußen überlegst die polizei zu
rufen ein auto fährt dich über
den haufen ein typ an
schizophrenie erkrankt

VENTILE UND VENTILFÜHRUNGEN KON- TROLLIEREN

k?: guck mal meine oberarme voll ätzend

j?: knödelärmchen

k?: knödelärmchen das hab ich ja noch nie gehört winkeärmchen kenn ich aber knödelärmchen what the fuck

j?: ja knödelärmchen bei uns im dorf gabs ne wirtschaft da konnte man von der durchreiche aus in die küche einsehen ich hab

in der wirtschaft oft für

meinen großvater zigaretten

gekauft und konnte sehr

gut sehen wie die köchin

knödel zubereitete sie hatte

immer so ne ärmellose

schürze an und also sie

drehte dann eben die

knödel mit den händen sehr

schwungvoll einen nach

dem anderen und die

schlaffe haut ihrer

oberarme schwabbelte

dann immer so hin und her

k?: oh je

j?: ja und sie hatte so nen riesigen nassen haarbusch unter den armen von dem ab und an schweißperlen ins kochende wasser tropften

k?: oh mein gott

j?: kennst du das wenn etwas so schrecklich ist dass man nicht hinsehen möchte aber auch nicht wegsehen kannDer nachfolgende Vorgang gilt für alle Ventile und

Ventilführungen.

1. Messen:
S Ventilschaftspiel

Nicht im Sollbereich !
Ventilführung erneu- ern.

2. Erneuern:
S Ventilführung

HINWEIS:

Den Zylinderkopf in einem
Ofen auf 100_C erhit- zen, um
den Ein- und Ausbau der
Ventilführung zu erleichtern
und korrekten Sitz zu erzielen.

Ventilschaftspiel Einlaß

0,010 X 0,037 mm

Grenzwert: 0,08 mm Auslaß

0,025 X 0,052 mm
Grenzwert: 0,10 mm

~~verspürte das übermächtige bedürfnis~~
~~jemanden über den haufen fahren zu~~
~~müssen du überlebst versuchst nachdem~~
~~tatsächlich jemand im café um sich~~
~~geschossen hat die person ausfindig zu~~
~~machen die dich vor dem todesschützen~~
~~gewarnt hat findest diese person ihr~~
~~quatscht die spannung steigt und steigt~~
~~bis du irgendwann wenn sie im voraus~~
~~wissen das etwas schlimmes passieren~~
~~wird warum haben sie mich nicht vor~~
~~dem autofahrer gewarnt sagst und dann~~
~~keine ahnung manchen kann mans~~
~~einfach nicht recht machen~~ furchtbarer
film irrsinnig viel gequatsche oder wars
ein hörspiel oder ein theaterstück was
bedeutet die schwachen momente
morgens nach dem aufstehen das
übermächtige bedürfnis liegen zu
bleiben nichts weiter besser die linke
schädelseite der schmerz besser auf der
linken schädelseite bessert sich dann

nämlich wenn man den kopf nach rechts
neigt nur leicht nach rechts neigt auf der
rechten seite der schmerz nicht
auszuhalten auch nicht wenn man den
kopf leicht nach links neigt den kopf
leicht nach rechts neigen jetzt besser viel
besser sagichdoch du starrst wieder
damals vielleicht die optikerin hat
gedichte geschrieben hat gedichte
geschrieben die ganz gut waren und all
die momente die an dir vorüberziehen
uns und mich doch nicht berühren sich
deiner nicht entsinnen oder so ähnlich
vorgelesen hat sie aus ihrem
poesiealbum nackt saßen wir auf alten
holzstühlen in ihrer küche mitternacht
hab mir nen splitter eingesessen hab
natürlich nichts gesagt ihr poesiealbum
war in altes leder gebunden sah aus wie
menschenhaut sah aus wie das
verdammte necronomicon dann hat sie
mich gefragt soll ich dir einen blasen die
optikerin genau und was hab ich
geantwortet steh ich nich so drauf dann
hast du sie geleckt oder warte zuerst hat
sie gesagt darfst mich lecken wenn ich
dir einen blasen darf so wars mann hat

die gestunken gelernt hast du von der
bei nem one night stand immer durch
den mund atmen sicherheitshalber keine
kopfschmerzen nicht jetzt klar denken
reinigungsmittel kaufen vorsorglich
vielleicht kommt christine mit zu dir
deine füße kleben am boden fest läufst

~~k?: wie lange liegen wir jetzt schon hier~~
~~j?: keine ahnung hab das zeitgefühl~~

~~verloren zwei tage vielleicht gehts dir~~

~~gut~~

~~k?: ja das ist schön siehst schön aus wenn~~

~~du drogen nimmst so bisschen verloren~~

~~bisschen traurig woran denkst du~~

~~j?: weiß nicht an alles an nichts~~

~~k?: was ist alles siehst manchmal aus dem~~

~~fenster und bist dann traurig warum~~

~~j?: dieses wetter also diese sommertage~~

~~das satte grün der bäume erinnert mich~~

~~daran als ich noch jünger war und mit~~

dem auto ziellos durch die gegend

gefahren bin

k?: alleine

j?: alleine

k?: cruisen

j?: cruisen ja ich war in ne barfrau

verliebt sie war ein paar jahre älter

ziemlich tough sie verhielt sich mir

gegenüber völlig neutral das war noch

viel schlimmer als wenn sie gesagt hätte

verpiss dich ich find dich voll scheiße

oder so

k?: wie alt wart ihr denn

j?: also ich achtzehn und sie so ende

zwanzig

k?: is ja nicht wirklich viel unterschied

j?: na ja ne frau ende zwanzig lacht sich

keinen achtzehnjährigen an

k?: das stimmt sind ja noch voll die bubis

j?: eben ich hab ihr ein mixtape gemacht

also ich habs ihr nie gegeben war auch

nur ein song drauf in endlosschleife

k?: welcher

j?: boys of summer

k?: don henley

j?: don henley genau woher weißt du

das

k?: mein dad is eagles fan hat alle eagles

platten hat nen haufen geld dafür

ausgegeben und da is auch eine von don

henley dabei mein dad hat sie gekauft in

der hoffnung sie würde klingen wie ne

eagles platte und das tut sie ja nun

definitiv nicht

j?: überhaupt nicht zum glück

k?: warum darf ich dir eigentlich keinen

blasen

j?: du darfst mir einen blasen ich steh nur

nicht drauf

k?: das bedeutet doch dass du davon

überzeugt bist ich würde auch nicht

besser blasen als der rest der welt

j?: nein ich steh einfach nicht drauf

k?: darf ichs probieren

j?: später ok

du barfuß durch dein appartment wasser
alleine reicht da nicht mehr so nen
schaber brauchst du ne spachtel
irgendwas stark ätzendes die ganze
wohnunggemein ist, dass bei
den Betroffenen einzelne
Persönlichkeitszüge so extrem
ausgeprägt sind, dass es

Probleme für den Betroffenen selbst beziehungsweise mit seiner Umwelt verursacht. !!!!!!!!!!!!!!!!!!!!!!!ich brauche dich nicht habe dich nie gebraucht habe mehr als sechzig jahre überlebt ohne dich wer glaubst du dass du bist verschwinde endlich aus meinem leben auch du bist nur ersetzbar mir ist egal ob du dich jeden tag von einem anderen durchvögeln lässt mir ist egal was du fühlst denkst ich interessiere mich nicht für deine hoffnungen interessiere mich nicht für deine träume und wärst du morgen verschwunden für immer könnte ich in ruhe sterben verschwinde hau ab ich will dich nie wieder sehen nie wieder Die problematischen Persönlichkeitszüge liegen stabil und langdauernd vor und lassen sich bis ins Jugend- oder frühe Erwachsenenalter zurückverfolgen putzen auch die fenster erinnere dich der typ mitte fünfzig fett kahl hängende wangen fliehendes kinn was hat er damals zu der jungen kellnerin gesagt wenn du willst

gebe ich dir gerne mal ein paar meiner
texte würde mich interessieren was du
davon hältst ich konnte spüren wie
unangenehm es ihr war von so nem alten
typen vollgequatscht zu werden von so
nem greisligen alten typen angemacht
zu werden besser einfach dasitzen so
aussehen als wärst du tief in gedanken
versunken so tun als würdest du dich
nicht weiter für jemanden interessieren
der dir gefällt so musst dus machen so
weckst du das interesse deiner
mitmenschen interessantes äußeres
beziehungsweise gutes oder
jugendliches aussehen vorausgesetzt
keine magenschmerzen nicht jetzt sieh
die bäume hinter der friedhofsmauer
wonach riecht es hier nach flieder du
starrst woran denkst du wenn du starrst
an damals vielleicht die nachbarin die
immer am gartenzaun stand bei den
fliederbäumen mit oma sprach immer
gesagt hat ja mei da kann man nix
machen gell oder ja ja ist schon schlimm
was alles passiert auf der welt geduckte
körperhaltung grundsätzlich ein
taschentuch in den händen so als würde

sie sich verzweifelt daran festhalten irgendetwas in ihrem leben das ihr halt gibt nicht mehr loslassen nur nie mehr loslassen letztendlich hast du genau gewusst was passieren wird hast jahrelang genau das gemacht was alle anderen auch machen unangenehmen fragen ausweichen unangenehme fragen unbeantwortet lassen ausschlafen was solls is nich weiter schlimm schließlich willst auch du nur überleben oder weiteratmen oder in dem einen buch von dem einen schriftsteller brest ging die straße entlang oder die straße führte ihn zurück in eine gegend die zwangsläufig als no go area gelten musste what the fuck würdest du deinem zwanzigjährigem ich jetzt in diesem moment über den weg laufen was würdest du ihm sagen mach weiter so oder nein denk nach oder nein besser lauf nach hause das ist nicht ganz unproblematisch dein zwanzigjähriges ich würde mit sicherheit wo soll das denn sein antworten na und dann würde ich da wo das herz ist antworten oder nen ähnlichen scheiß what the fuck mein zwanzigjähriges ich würde sich direkt umbringen wenn es realisieren würde was aus ihm geworden ist oder was aus ihm werden wird wie auch immer vielleicht aber auch nicht vielleicht würde mein zwanzigjähriges ich aufgrund unserer zusammenkunft klügere entscheidungen treffen kein alkohol keine drogen vermisst person weiblich neunzehn jahre alt schlank körpergröße einsvierundsiebzig grüne augen rundliches ~~Wenn der Körper und das Gehirn einmal Abhängigkeit entwickelt haben, um normal funktionieren zu können, kann dies zum Missbrauch führen, worunter die Einnahme der Substanz in höheren Dosen, öfter und länger als vorgesehen, verstanden wird. Unkontrollierte~~

~~Einnahme kann zur Abhängigkeit führen.~~ gesicht
weißes top kurzer brauner wildlederrock
mit bunten kreisförmigen verzierungen
im neunzehnhundert siebziger jahre stil
weiße turnschuhe bewahrte mich vor
dem sicheren tod indem sie mir ihre
zuneigung schenkte ihren kopf an meine
schulter legte mich umarmte sagte das ist
schön dass du da bist einfach
weitergehen ein bein vor das andere so
wie dus irgendwann mal gelernt hast
stehst da und starrst auf vorbeifahrende
fahrzeuge wie dein großvater is
vielleicht ne nebenwirkung der arzt hat
recht besser gar nicht erst lesen die
packungsbeilage der eine typ der immer
irgendwo in der stadt rumsteht leute
anpumpt entschuldigung hättest du mal
oder entschuldigung darf ich dich mal
was fragen ob ich mal so ende möglich
oder auch nicht zu wenig zeit hast du
dafür wahrscheinlich und was heißt mal
so ende der typ sieht nicht aus als wärs
bald mit ihm vorbei vielleicht befindet er
sich momentan nur in einer schwierigen

phase

Delusi

on

Delusions can also manifest
themselves in very different ways.
BRIEF?: GELIEBTE WENN ICH
DARÜBER NACHDENKE DASS ALLE
ENTSCHEIDUNGEN DIE ICH IN
MEINEM BISHERIGEN LEBEN
GETROFFEN HABE LETZTENDLICH
ZU DIR GEFÜHRT HABEN STIMMT
MICH DAS SEHR VERSÖHNLICH
MACHT MICH DAS SEHR
GLÜCKLICH... The feeling of being
"called" makes some people believe,
for example, that they must rid the
world of something evil or protect it
from it. This can be expressed in

~~sometimes absurd fantasies, often~~
~~involving famous people with whom~~
~~they have to work or against whom~~
~~they have to take action. Some~~
~~sufferers move into film or literary~~
~~worlds or believe that radio or~~
~~television programs contain secret~~
~~messages addressed to them. Some~~
~~people feel they are being persecuted~~
~~or believe that others are conspiring~~
~~against them – for example, the~~
~~government, intelligence agencies, or~~
~~their own neighbors~~glaub ich nich der
steht doch schon jahrelang in der
gegend rum und bettelt willst du so
enden nein wie willst du enden keine
ahnung überlege keine ahnung überleg
nochmal keine ahnung ist dir eigentlich
klar was ein mensch anfang zwanzig will
erinnere dich frei sein weg von
irgendwelchen regeln oder vorschriften
die wesentlich ältere menschen als
notwendig erachten is ok ich plane ja
nicht meine zukunft mit christine was
willst du denn von ihr sie ficken nein das
heißt ich schließe sex mit ihr natürlich
nicht aus obwohl dürfte schwierig
werden oder nein erektionsstörung ist
keine nebenwirkung der medikamente

die möglichkeit mit ihr sex zu haben ist
nicht der grund warum ich mich derart
wohl fühle in ihrer nähe was will ich von
ihr wahrscheinlich das gleiche dass sie
von mir will bestätigung und wenn sie
gar nichts von mir will dann isses halt so

was machst du dann **ZYLINDER**
UND KOLBEN
DEMONTIEREN
Der nachfolgende Vorgang gilt
für alle Zylinder und Kolben.
1. Demontieren:

SKolbenbolzensicherung 1
SKolbenbolzen 2
SKolben 3

reinigungsmittel kaufen vorsorglich

vielleicht kommt sie mit zu dir deine füße

kleben am boden fest läufst du barfuß

durch dein appartment wasser alleine

reicht da nicht mehr so nen schaber

brauchst du ne spachtel irgendwas stark

ätzendes**ACHTUNG:**

Den Kolbenbolzen niemals mit einem Hammer heraustreiben.

HINWEIS:

SVor dem Lösen der Kolbenbolzensicherung die Öffnung des Kurbelgehäuses mit einem saube- ren Tuch abdecken, damit die Bolzensicherung nicht in das Kurbelgehäuse fallen kann.

*jahrelang durch die stadt gelaufen allein ohne ziel mit irsinniger wut im bauch und hoffnung jahrelang gewartet auf gewartet für dort drüben anderes ende der straße hintere tür*SDie Kolbenböden für den späteren Wiedereinbau kennzeichnen.

S Vor dem Ausbau des Kolbenbolzens die Ringnu- ten des Bolzens und den Bolzenbohrungsbe- reich entgraten. Läßt sich der Kolbenbolzen trotzdem nur schwer lösen, einen Kolbenbolzen- Abzieher 4 verwenden.

2. Demontieren: SOberster Ring S 2. Ring
S Ölabstreifring

HINWEIS:

Zum Ausbau der Kolbenringe die Ringenden mit den Fingern spreizen, dann die gegenüberliegen- de Ringseite hochschieben und über den Kolben- boden abziehen.

was ich schon jahrelang mache wenn
dinge nicht so funktionieren wie ich es
gerne hätte nach hause gehen mich
hinlegen warten auf den moment an dem
all meine gedanken und emotionen zu
einer nicht enden wollenden abfolge
ungefährer erinnerungen verschmelzen
dann mich sehr genau an den moment
erinnern als mir bewusst wurde das ist
die zeit meines lebens dann stille ewige
stille vermisst person weiblich anfang
zwanzig einssechzig vollschlank
kinnlanges hellblondes haar blaue
augen ovale gesichtsform helle haut
gekleidet mit einer dunkelbraunen
vintagelederjacke ein
geburtstagsgeschenk ihrer großmutter
graues t shirt enge dunkelblaue jeans
schwarze motorradstiefel knöchelhoch
verstellbare schnallen dunkelrote
handtasche im stil eines schulranzens aus
den neunzehnhundert fünfziger jahren
ein weihnachtsgeschenk ihrer mutter

Stadium

IV...that we are attracted to a person AND desire a relationship with that 10

2 2

30 35

40 45

person, but

unfortunately
they don't
feel that way
about us. Be
it ... can't
open up to us
emotionally
and get

closer.~~Breadcru~~

~~mb~~

1   weißt du christine ich denke ich
bin schon ein bisschen
eingerostet was dating angeht
aber also ich habe auch lange
überlegt ob ich das wirklich
wagen soll aber also ich habe
ernsthaft überlegt dich zu fragen
ob du eventuell mal was mit mir
trinken gehen möchtest so am
späten nachmittag vielleicht also
nicht nachts oder so und
irgendwo wo viele leute sind also
du brauchst dir keine gedanken
zu machen dass ich dir was antue
oder so oder vielleicht ein eis
essen nachmittags im park wo
viele leute sind könntest du dir
das vorstellen

wow vier mal also in einem satz sie

haben absolut recht

womit

sie sind definitiv ein bisschen eingerostet

ich bin zwar erst zwanzig kann mir aber

jetzt schon sicher sein dass mich in

meinem ganzen leben nie wieder

jemand so umständlich fragen wird ob

ich mit ihm ausgehen möchte

ja furchtbar sorry

haben sie deswegen den schönen anzug

angezogen

isses zu viel

nein gar nicht wie alt sind sie denn

zweiundsechzig

wow ich weiß nicht is grad nich so gut

mit männern bei mir

ok versteh schon

was

ich hab schon verstanden tut mir sehr

leid war dumm von mir

nein gar nicht ich hab doch nicht nein

gesagt ich hab nur gesagt is grad nich so

gut bei mir mit männern

darf ich fragen warum

lief nich so wirklich gut mit meinem

letzten freund wie lange sind sie denn

schon allein

beinahe zehn jahre

wow

und du

zwei monate

hat er dich betrogen

mehrmals

tut mir leid

schätze das ist der moment wo ich danke

sagen sollte

schätze das ist der moment wo du danke

sagen solltest

wir können ja einfach mal spazieren

gehen und uns in aller ruhe unterhalten

hier muss ich arbeiten is halt blöd

klar sehr gerne

ich hab nur momentan echt viel um die

ohren aber wir können uns vielleicht

heute um sechs für ne stunde oder so

treffen bei den blumen vielleicht

sehr gerne

wo haben sie eigentlich diese narbe

unter ihrem auge her

kleiner unfall

ok sie sind aber kein kranker spinner

oder so

doch

na dann bis später

wie heißt du eigentlich wirklich

sag ich ihnen später

in ordnung christine dann sag ich dir

vielleicht auch meinen richtigen namen

sie wissen ja gar nicht ob ich ihn

überhaupt wissen will herr mustermann

stimmt na dann bis später

~~WennSieeinmal Zweifel an~~

~~den Therapieempfehlungen~~

~~Ihres Arzteshaben,scheuen~~

C)To havesexwith

someone!~~Sie sich nicht,~~

~~Ihren Arzt auf dieMöglichkeit~~

~~anzusprecheneine zweite~~

~~ärztliche Meinung~~

~~einzuholen.~~ **yesyes**

yesyesyes

yesyesyes

yesyesyes oh

mein gott oh mein fucking gott ich glaubs

nicht ich glaubs einfach nicht

yes

yes

yesye

s yes du bist

noch attraktiv du bist noch attraktiv auch

für wesentlich jüngere frauen siehst du

hab ich doch gesagt immer auf ein

gepflegtes erscheinungsbild achten oh

mein gott sie will sich mit mir treffen ich

bin ein alter mann oh mein gott

~~jajajajajajajajajaja~~ aber sie kann auf

keinen fall mit zu mir nach hause ja

genau du sagst ihr bitte gib mir einen tag

um meine wohnung sauber zu machen

langsam langsam vielleicht trifft sie sich

nur mit mir um mir zu sagen das wird

nichts ich finde sie sehr attraktiv aber das

wird nichts glaub ich nicht nein sie hätte

ja auch direkt sagen können ich will mich

nicht privat mit ihnen treffen hat sie aber

nicht ohmeingottohmeingottohmeingott

anfangs fand ich christine nicht wirklich
attraktiv hab sie dann besser
kennengelernt stundenlang haben wir
geredet hab herausgefunden dass wir
uns sehr ähnlich sind trotz des
altersunterschieds warum auch nicht was
hat der altersunterschied damit zu tun
diese musik erinnere dich diese musik
keine schmerzen nicht jetzt erinnere
dich diese musik hörst du diese musik
glenn miller moonlight serenade samstag
nacht vor vierzig jahren mitternacht
hochsommer auf dem nachhauseweg vom
saufen mit freunden auf dem
nachhauseweg das waren schöne
abende daswarenschönenächteoderin
demeinensongwirallelernenaufsehr

schmerzhafte art und weise dass die welt
sich nicht um uns dreht wir alle lernen
auf schmerzhafteste artundweise we will
not be remembered oder dieses gefühl
ein leben lang falsche entscheidungen
getroffen zu haben ok ein halbes leben
lang und an ner mauer steht geschrieben
are we an eclectic generation falling
apart und liebe oma ich hoffe dir gehts
gut das satellitenbild zeigt in der von der
nordsee her einfließenden kühlen
meeresluft starke quellbewölkung über
deutschland über den britischen inseln
und dem ostatlantik liegt ein
ausgedehntes wolkenfeld es gehört zu
dem frontensystem des tiefs bei island
das am montag auf das westliche

deutschland übergreift die vorhersage
für morgen anfangs aufgelockerte
bewölkung und im norden und osten
vereinzelt schauer im tagesverlauf von
west nach ost bewölkungsverdichtung
und nachfolgend gelegentlich regen
tiefsttemperaturen fünf bis neun grad
höchstwerte sechzehn bis achtzehn im
norden und in bayern zwölf bis
sechzehn grad schwacher bis mäßiger im
norden frischer bis starker und in böen
zeitweiser stürmischer wind aus west bis
nordwest mitternacht

Inhaltsverzeichnis

so beautiful and calm and graceful
kinda lonely maybe could be worse
has it ever occurred to you that you
may never become famous has it
ever occurred to you that you are
not a dream come true i wouldnt go
so far and say youre just a tiny part
of another useless generation like
many others do their so little dreams
they are a part of their so little mind
~~thats~~ caught in their so little world i
try hard to find another time another
place where it is all about the me
and you cause in my own little world
you are my dream come true
sechs stunden sitzt du jetzt schon hier
früher wärst du nach fünf minuten
gegangen nimms ihr nicht übel sie ist
jung hat noch so viel vor warum auch
sollte sie sich mit mir treffen bin alt
hässlich verbraucht hab keine
zukunftsperspektive menschen spüren
das wollen damit nichts zu tun haben
wollen fröhlich sein wollen zukunft wer
kanns ihnen verübeln in solch
schwierigen zeiten erzähl was

irgendeine geschichte die eine aus dem
café die immer an der bar saß da wo der
alte an die kuchenvitrine gebieselt hat
sie war eigentlich gar nicht mein typ
aber damals dachte ich besser als keine
mit der hast du dich auch hier getroffen
bei den blumen den sonnenaufgang
haben wir uns angesehen sie hat den
kopf an meine schulter gelegt nichts
gesagt plötzlich spürte ich etwas an
meinem linken schuh ich guckte nach
unten und sah wie sichs ne ratte auf
meinem schuh bequem gemacht hatte
saß da und glotzte mich an to do ein
produktiver teil einer zum untergang
verdammten gesellschaft werden eine
tablette gegen die schmerzen zwei für
oma fünf für opa sechs für die sonne vier
für die wolken neun für den regen
sieben für den wind zehn für den
frühling fünf für den sommer zwölf für
den herbst dreizehn für den winter heute
nachmittag gehe ich ins café und sag
christine dass ich ihr verzeihe oder
später geh ich ins hinterhaus dann
klingel ich bei der mit den dunklen
augenringen frag sie einfach ob sie lust

hat mit mir einen kaffee trinken zu gehen
besser mein zustand viel besser keine
schmerzen mehr bald sehr bald gar
keine schmerzen mehr • 3.1.

~~mAKEW~~

~~ArNOtL~~

~~OVe~~Nicht-
Wahrhaben-Wollen. ...
- • 3.2. Zorn. ...
- • 3.3. Verhandeln. ...
- • 3.4. Depression. ...
- • 3.5. **Akzeptanz**.

christine du bist hier

wie meinst du das ich bin hier bist du

gerannt bist ja ganz außer atem

ja ich habe mich so gefreut dich zu

sehen

du bist süß hast du doch nichts gekauft

wir wollten doch feiern

hab ich vergessen entschuldige

wie meinst du das vergessen wo warst du

denn jetzt gerade

nichts bin spazieren gegangen hab

nachgedacht

ist alles ok bei dir

alles ok wollen wir nicht rausgehen es ist

so schön draußen wir könnten zu den

blumen gehen auf den fluss sehen hast

du lust

klar lass uns das machen hab heute

jemanden gesehen der sah aus wie du

nur älter abgerockter

sah er gut aus

schon er stand auf der anderen

straßenseite ich weiß nicht aber ich

hatte das gefühl dass er mich beobachtet

was meinst du mit älter abgerockter

lange haare graue schläfen schwarzer

anzug abgefuckte sneakers falten schöne

falten so n alter cowboy ich bin mir

sicher wenn du ihn siehst würdest du

sagen wenn ich mal älter bin will ich

auch so aussehen

und was ist dann passiert

nichts ich bin runter in die u bahn er

stand auf der anderen straßenseite

war er bedrohlich

nein gar nicht ich hatte nur das gefühl

dass er mich beobachtet er wirkte

überhaupt nicht bedrohlich hast du was

geraucht wirkst n bisschen

orientierungslos

ja hab ich

oh ohne mich ich will auch

hab leider nichts mehr wir besorgen uns

unterwegs was du hast den braunen

wildlederrock an den ich dir geschenkt

habe steht dir wirklich gut wunderschön

siehst du aus so wunderschön

komm her das ist schön dass du da bist

————————————————————————

——

— — — — —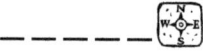